俄罗斯儿童智慧阅读丛书

托尔斯泰献给孩子们的书

［俄罗斯］列夫·托尔斯泰　编著

郑永旺　译

黑龙江少年儿童出版社

万物智为首，智在利益生。

宁要一个学者，不要两个白丁。

Лев Толстой.

列夫·尼古拉耶维奇·托尔斯泰
（1828—1910）

　　"我的目标是写出的东西要有美感、简洁、形式单纯，最主要的是一看就懂。"列夫·托尔斯泰在谈及这些作品的创作初衷时这样写道。该读物是他编写的《识字课本》的一部分，这套读物奠定了俄罗斯儿童文学的基础。托尔斯泰认为，他所从事的这项工作是他生命中最重要的事业之一。托尔斯泰承认，他从多于本丛书二十倍的故事里优中择优，每个故事都做过十多次的修改，为此付出了巨大而艰辛的努力，所花费的心思比写任何作品都要多……他比任何人都更清楚普通人和他们孩子的所思所想，知道如何与孩子对话和沟通……他是以自己全部的爱和辛勤的工作获得这种认知的。

　　将品德教育与伟大作家的巧妙构思和谐地融为一体，是本书的闪光点。

目 录

蚂蚁和鸽子 ……………………………………………………………… 1

盲人和失聪者 …………………………………………………………… 1

乌龟和老鹰 ……………………………………………………………… 2

弃婴 ……………………………………………………………………… 2

蛇头和蛇尾 ……………………………………………………………… 3

石头 ……………………………………………………………………… 3

因纽特人 ………………………………………………………………… 4

黄鼠狼 …………………………………………………………………… 6

妈妈讲她是如何学会缝衣服的 ………………………………………… 7

细线 ……………………………………………………………………… 8

力量源自速度 ………………………………………………………… 10

狮子与老鼠 …………………………………………………………… 10

火灾救援犬 …………………………………………………………… 12

猴子 …………………………………………………………………… 13

小男孩儿讲述大人没带他进城的故事 ……………………………… 14

撒谎的家伙 …………………………………………………………… 16

巴黎人是怎么修房子的 ……………………………………………… 17

驴和马 ………………………………………………………………… 17

男孩儿讲述他在森林中遭遇雷雨的经历 …………………………… 18

寒鸦与群鸽 …………………………………………20

农夫与黄瓜 …………………………………………21

女人与母鸡 …………………………………………21

爷爷和孙子 …………………………………………22

分遗产的故事 ………………………………………23

大海的水都去哪儿了 ………………………………23

狮子、熊和狐狸 ……………………………………24

小男孩儿讲述他是如何帮助爷爷找到蜂王的 ………24

狗、公鸡和狐狸 ……………………………………26

大海 …………………………………………………26

马与马夫 ……………………………………………27

火灾 …………………………………………………28

青蛙与狮子 …………………………………………30

大象 …………………………………………………30

猴子和豌豆 …………………………………………31

小男孩儿讲他为什么不再害怕贫苦的盲人 …………31

奶牛 …………………………………………………32

嫘祖 …………………………………………………32

蜻蜓与蚂蚁 …………………………………………33

鼠姑娘 ………………………………………………33

母鸡与金蛋 …………………………………………35

利普纽什卡 …………………………………………35

狼与老太婆 …………………………………………37

小猫咪···38

博学的儿子···40

布哈拉人是如何学会养蚕的·····································40

农夫与马···41

强盗给我十戈比银币的故事·····································42

宰相阿卜杜拉···47

贼是怎么暴露自己的···48

担子···49

果核···50

两个商人···50

圣哥达山上的犬···52

农夫讲述他为什么这么爱自己的哥哥··························54

我第一次是如何打死兔子的·····································56

拇指男孩儿···60

傻瓜···66

斯维亚托戈尔勇士···78

蚂蚁和鸽子

寓言

蚂蚁爬到河边正要喝水，这时，一个浪头打来，砸在蚂蚁身上，将其淹没。鸽子衔根树枝飞过，看见蚂蚁溺水，连忙把树枝朝蚂蚁所在的地方抛了过去。蚂蚁爬上树枝，得以活命。

后来，有个猎人下鸟网，捕获了鸽子。在他收网之际，蚂蚁偷偷地接近猎人，在他腿上狠狠地咬了一口。猎人"哎呀"一声，松开鸟网，鸽子从网中逃脱，扑棱着翅膀飞走了。

盲人和失聪者

真事一桩

盲人和失聪者去地里偷豌豆。失聪者对盲人说："你负责听声，一有动静就告诉我，我负责望风，发现情况不妙就告诉你。"

于是，他们走进豌豆地里开始偷豌豆。盲人摸到豌豆兴奋地说："豌豆真好。"失聪者问："什么大事不好？"盲人慌了，被田埂绊倒。失聪者问："你怎么了？"盲人说："是田埂！"失聪者说："快跑！"说完，他拔腿便跑。盲人紧随其后。

乌龟和老鹰
寓言

乌龟央求老鹰教它飞翔。老鹰劝乌龟不要做这样的事情，因为这对乌龟来说实在不适合，但乌龟不听。老鹰用利爪抓起乌龟，飞入云霄，然后松开爪子。

乌龟摔到石头上，粉身碎骨。

弃婴
人间故事

有个叫玛莎的女孩清晨去打水，发现门口有一个用破布裹起来的东西。玛莎放下水桶，她刚一碰包裹，就听到里面传出"哇哇"的哭声。玛莎凑近细看，原来是个皮肤通红的小婴儿。玛莎抱起婴儿回到家中，用小勺给他喂奶。母亲问："你把什么东西弄回来了？"玛莎回答："是个婴儿，我在咱家门口捡到的。"母亲说："咱家已经很穷了，拿什么养活他？我去官府汇报此事，让他们来解决。"玛莎哭了，她说："娘啊，他也吃不了多少，你就让他留下吧。你看看，他的小手小脚通红通红的，上面全是小褶。"妈妈看了一眼，顿时心生怜悯，就留下了这个弃婴。玛莎用襁褓裹好婴儿，精心照顾，婴儿要睡觉时，就给他哼唱歌曲。

蛇头和蛇尾
寓言

有一天，蛇尾和蛇头发生了争吵，起因是它们哪个该走在前面。

蛇头说："你不能在前面走，因为你没有眼睛也没有耳朵。"

蛇尾反驳道："可是我有力量，是我推着你往前走的，如果我愿意缠在大树上，那你就休想挪动半步。"

蛇头说："我们分开吧。"

于是，蛇尾与蛇头分离，独自朝前方爬去。因为没有头，蛇尾没爬多远就掉进地上的缝隙中，消失得无影无踪了。

石头
真实的故事

穷人来到富人家门口要饭。富人一毛不拔，还对穷人大喊："滚！"但穷人没有离开。这时，富人生气了，捡起石头朝穷人扔去。穷人捡起那块石头，揣到怀里，意味深长地说："我要把这块石头带在身边，直到有一

天我也用它来砸你。"

这一天真的来了。富人做了一件坏事，他所有的财富都被剥夺，而且被抓进大牢。在押往监狱的路上，穷人走到他近前，从怀里掏出那块石头，高高地举起，正准备砸下去，却又改变了主意。他扔掉石头，淡淡地说道："这石头我白白保留了这么长时间，在他腰缠万贯的时候，我怕他，可是现在我又可怜他。"

因纽特人
记述

世界上有这样一个地方，一年有三个月是夏天，其他时间都是寒冬。冬季白天很短，太阳刚刚升起，又马上下山。而冬季最冷的三个月根本就见不到阳光，四周漆黑一片。因纽特人就生活在这片土地上。他们只说自己的语言，而且从不离开家乡。他们的个子不高，但头不小。他们的肤色是棕色的，头发又黑又硬。他们的鼻子很精致，颧骨大，眼睛小。因纽特人住在雪屋里。他们先把雪修理成砖块的形状，然后再用这些"雪砖"建房屋。他们的窗框镶的不是玻璃，而是冰，房屋没有门，替代门的是雪下面长长的通道，他们通过这条通道爬进自己的家里。冬天来临，他们的房屋被雪严严实实地包着，里面十分温暖。因纽特人吃鹿肉、狼肉和北极熊的肉，只是他们喜食生肉。他们用绑在棍子上的钩子和渔网在海中捕鱼，用弓箭和长矛猎杀野兽。他们没有缝制

因纽特人

衣服的亚麻，也没有做呢子的羊毛，他们的衣服是用兽皮做的。他们将两张兽皮毛朝外，以鱼骨为针，以动物的筋为线，把兽皮缝起来。他们用同样的办法缝制衬衣、裤子和长筒靴。他们不炼铁，所以用骨头制作长矛和弓箭。他们最喜欢吃的是动物和鱼的脂肪。女人和男人的打扮一样，只是女人的靴子更肥一些。她们常常把孩子放在靴子里，这样就可以带着他们走来走去。

因纽特人

因纽特人冬天有三个月是在黑暗中度过的，而夏季太阳一直高悬在天空，根本没有夜晚。

黄鼠狼

寓言

黄鼠狼钻进铜匠铺，开始舔舐锉刀。鲜血从舌头上流出，黄鼠狼非常高兴，舔得更卖力了。它边舔边暗自高兴，铁里面竟然有血。就这样，整个舌头都被它自己吃掉了。

妈妈讲她是如何学会缝衣服的

口述

我六岁大的时候央求妈妈让我缝衣服。她说："你还小，会扎到手的。"

但我还是缠着她，于是，妈妈从小箱子里掏出一块红布头递给我，她把红线穿过针眼，教我怎样拿针。我开始缝，可针脚很难看，或是特别大，或是跑到边上去了，有的地方还没有缝上。我还把手扎了，本来没想哭，可当妈妈问我"你怎么了"时，我还是没忍住，一下子哭出声来。妈妈很无奈，让我出去玩一会儿。

绣金女

瓦西里·特罗皮宁，俄国画家

我躺下睡觉时，那些针脚老是在眼前晃来晃去，我一直想，要是能快点学会缝衣服该多好啊，可我感觉这很难，也许我永远也学不会。

如今，我已长大，记不清自己是怎么学会缝衣服的了。现在我开始教女儿学缝纫，我很吃惊，她怎么连针都拿不住。

细线

寓言

某人向纺线女订购了一批细线。

纺线女终于纺出很细的线，那人却说："你的线还不够细，我需要非常细非常细的线。"

纺线女说："如果你不满意，那我给你拿一些别的线来。"于是，她指了指一个空地方。那人说："我什么都看不到。"纺织女说："你看不见是因为线太细了，我自己也看不见。"

这个傻瓜高兴极了，立刻付钱买下这些所谓的细线，同时又预订了一批。

窗旁的贵族小姐

康斯坦丁·马科夫斯基，俄国巡回展览派画家

力量源自速度

惊魂往事

　　火车在铁轨上飞快前进。可这时，在铁路道口停着一辆马车，车上装了很沉的货物。车夫挥鞭，想驱马穿过铁路，可这匹马怎么拉也拉不动，原来车轮子掉了一个。乘务员扯着嗓子朝司机吼道："停车！"司机没有听乘务员的话，他预先判断：如此千钧一发之际，车夫既无法让马车前进，也不能将马车赶离铁轨，火车也不可能一下子就停下来。于是司机没有减速停车，而是加速行驶，全速撞向马车。车夫被吓跑了。火车掀翻了马车和那匹马，就像从铁轨上吹起一块木片般轻松，火车毫发无损，继续向前飞驰。

　　事后司机告诉乘务员："我们现在只是轧死了一匹马，毁掉了马车而已，如果我听你的，不仅自己可能会死掉，整列火车的乘客也可能会遭殃。因为火车高速行驶，所以我们撞飞马车时甚至没感觉到震动，可如果紧急停车，火车就出轨了。"

狮子与老鼠

寓言

　　狮子在睡觉，老鼠从它身上跑过。狮子醒来，抓住了老鼠。老鼠哀求狮子放了自己。

　　老鼠说："如果你放了我，我会报答你的。"狮子扑哧笑了，一只老鼠竟然承诺报恩。于是，狮子真的放了它。

一次，猎人捕获了狮子，并用绳子将其绑在树上。老鼠听到狮吼，赶紧跑过来，咬断了绳子。

老鼠对狮子说："你嘲笑过我，还记得吧？你肯定想不到，有一天我真的会报恩，现在你看到了，老鼠也可以做好事。"

狮子与老鼠

伦敦大火

火灾救援犬

真实的故事

经常有这样的事，发生火灾时，在家里逃不出去的往往是孩子，他们因为害怕，就藏了起来，而且不敢出声。由于浓烟弥漫，消防员看不见他们，也就无法把他们救出来。为此，伦敦专门训练了火灾救援犬。这些救援犬整日和消防员生活在一起，建筑物着火时，消防员让救

援犬把孩子拽出来。伦敦就有这样一只火灾救援犬，它救了整整十二个孩子，它的名字叫鲍勃。

一次，一栋房子着火。消防员迅速赶到，一个女人跑到近前，边哭边说，她两岁的女儿还在里面。消防员派鲍勃冲了进去，五分钟后，鲍勃衔着女孩儿的衬衣把她叼出来。母亲扑过去，喜极而泣，女孩儿毫发未伤。消防员抚摸着爱犬，检查它是否被烧伤，可鲍勃还要冲进房里。消防员猜测，也许屋里还有什么别的活物，就松开了它。鲍勃飞速冲进屋，又很快跑出来，嘴里叼着什么东西。大家围过来仔细一看，都禁不住哈哈大笑，原来它嘴里叼的是布娃娃。

猴子
寓言

有一个人去林子里砍了一棵树，他要把树从中间锯开。于是，他把树的一头放在树桩上，自己骑在树上拉锯。他在锯开的地方打上楔子，然后再接着拉锯。这样一段一段地锯下去，一次一次地拔出楔子，楔子随着裂缝往下挪动。

树上的猴子看到了这一切。当干活人躺下睡觉时，猴子也骑在树上模仿人的动作拉锯，可当它拔出楔子的时候，两片木头合在一起，夹住了它的尾巴。猴子拼命挣脱，不停地喊叫。干活人醒了，他狠狠地揍了猴子一顿，用绳子把它捆了起来。

小男孩儿讲述大人没带他进城的故事

口述

爸爸要进城。

我求他："爸爸，带我去吧！"

可他说："不行，你会被冻死的。"

我转过身，眼泪止不住地往下流。我默默地钻进柴房，哭着哭着，就睡着了。我梦见我们村有条小路通向教堂，我还梦见爸爸正走在这条小路上。我急忙赶上他，我们一起进了城。我边走边看，发现前面有个生火的炉子。

我问："爸爸，这是城市吗？"

他肯定地回答："是啊。"

我们走到炉子前，原来炉子里面正在烤那种锁形的白面包。

我求爸爸："给我买个面包吧！"

他爽快地掏钱给我买了一个。梦到这里我就醒了，我站起来，掸掉身上的尘土，拿着手套来到街上。很多伙伴在外面滑着冰橇和小雪橇。我也加入其中，和他们一起玩耍，一直玩到差不多被冻僵。我回到家，刚爬到火炉（火炕）上就听见有动静，爸爸从城里回来了。我高兴极了，从火炉上跳了起来。

我问爸爸："爸爸，你给我买白面包了吗？"

爸爸说买了，他掏出面包递给了我。我从火炉上跳到长凳上，兴奋得手舞足蹈。

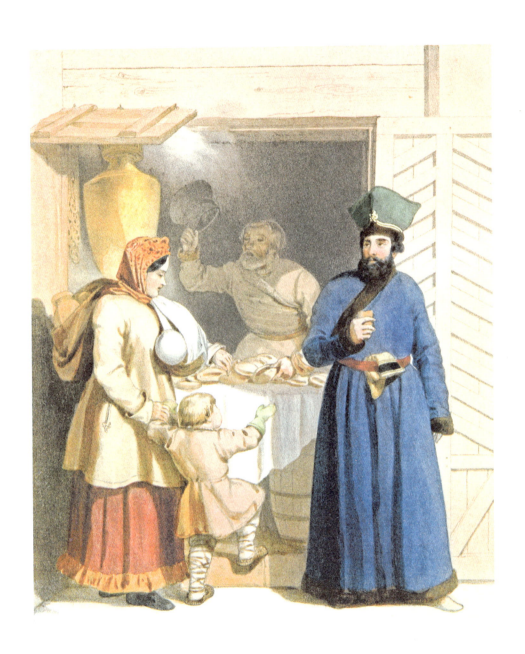

喝茶吃锁形面包

叶梅利扬·科尔涅耶夫，俄国雕刻家、画家、旅行家

狼与牧人

撒谎的家伙

寓言

男孩儿在放羊时好像看见了狼，于是他开始呼叫："快来人啊，狼来了，狼来了！"

一群庄稼汉跑过来，却发现根本没有狼。男孩儿又这样呼叫了两三次，每次庄稼汉们跑来都不见狼的影子。后来，狼真的来了。

他又开始呼叫："快来人啊，狼又来了！"

可庄稼汉们以为男孩儿又在玩骗人的把戏，所以没人在乎他的呼救。于是狼肆无忌惮地咬死了所有的羊。

午后阳光下的蒙马特尔林荫道

卡米耶·毕沙罗，法国印象派画家

巴黎人是怎么修房子的
往事

　　一幢大房子的墙体出现了开裂倾斜。于是，大家开始琢磨怎样处理才既不破坏房顶，又能使墙体复位。有人想出个办法，他往裂缝两边的墙体上各钉进一个铁吊环，然后，他又准备了一块扁钢，扁钢的长度比两个铁吊环之间的距离短约一俄寸①。他将扁钢两端弯成能插入铁吊环的钩状。一切妥当后，他将扁钢加热，扁钢受热膨胀，膨胀后的扁钢长度与铁吊环的距离相等。然后，他将扁钢两端的钩子挂在两边的铁吊环上，随着扁钢慢慢冷却收缩，倾斜的墙体也就扶正了。

驴和马
寓言

　　有人赶着一头驴和一匹马在路上走。

　　驴对马说："我感觉太沉了，驮不动这么多东西，你能帮帮我吗？

---

①1俄寸约等于44.45毫米——译者注。

哪怕帮我驮一点点也好。"

马拒绝了。

驴筋疲力尽，倒地而死。主人把驴身上的物品全部压到了马背上，甚至剥下的驴皮也让马驮。

马很绝望，对天长叹："我的命怎么这么苦啊！我怎么这么倒霉！当初没帮驴，到头来不但要驮所有的货物，还要加上这张驴皮。"

男孩儿讲述他在森林中遭遇雷雨的经历

陈年往事

记得很小的时候，大人让我去树林里采蘑菇。我钻进林子，采了很多蘑菇，准备回家。突然，天黑了下来，雷声滚滚，大雨倾盆。我怕极了，就在一棵橡树下躲了起来。空中划过夺目的闪电，刺得眼睛很疼，我只能眯缝双眼。我听见头上似乎有什么东西裂开，接着传来"咔咔"的巨响，然后有东西砸了我的脑袋。我被击昏倒地，直到雨停，才苏醒过来。我睁开眼睛，林中的树木都在滴水，鸟儿欢唱，阳光灿烂。一棵橡树被雷从中间劈开，树根处还在冒烟。我周围全是橡树的木屑。我的衣服湿漉漉的，紧紧地贴在身上，头顶被砸出一个包，隐隐作痛。我找到帽子，拎起蘑菇筐，一路飞奔跑回家。家里没人，我从桌子上拿了块面包，爬到了火炉（火炕）上睡着了。我醒来时看到，我采的蘑菇已经烧好摆上了餐桌，快开饭了。我喊道："你们吃饭怎么不叫我？"他们说："你不睡啦？快过来吃吧！"

小男孩儿画像

伊万·赫鲁茨基，俄国画家

寒鸦与群鸽

寓言

　　寒鸦发现鸽子的伙食很好，于是它将自己漂白，混进了鸽群。鸽子们开始时把它当成了同类，也没有在意。后来寒鸦得意忘形，兴奋地嘎嘎叫起来。鸽子们对寒鸦一阵狂啄，将其赶了出去。寒鸦只好飞回自己的队伍里，可其他寒鸦同样不欢迎它，因为它通体是白色的，寒鸦又被同类赶了出来。

鸽子

约翰·格洛特，德国宫廷画家

农夫与黄瓜

寓言

有一天，农夫到别人家的花园里偷黄瓜。

他爬到黄瓜近前，心中欲望泛滥：我要偷走一袋黄瓜卖掉，用卖黄瓜的钱买只小母鸡。母鸡会下很多蛋，然后孵出许多小鸡。我把小鸡喂大再卖掉，买头小母猪回来。母猪生许多小猪，我卖掉猪崽，用卖猪崽的钱买匹母马驹。母马会下许多小马驹，我把马驹养大卖掉，用卖马的钱买个大房子。房后有一个菜园，我要精心侍弄这个菜园，栽很多很多黄瓜，任何人都休想偷我的黄瓜，我要严防死守。对，我要雇人巡查，让他们好好看守黄瓜，我自己则在远处观察，还要不时地发出警告——"你们给我看好了！"

农夫沉迷于幻想之中，完全忘记自己是在别人家的黄瓜地里，他大声地喊道："你们给我看好了！"看门人听到声音，赶紧跑出来。结果，农夫被打了个半死。

女人与母鸡

寓言

母鸡一天下一个蛋。女主人暗想，如果给鸡多喂食，母鸡可能一天会下两个蛋。于是她实施自己的计划。结果母鸡渐渐变胖，一个蛋都不下了。

爷爷和孙子

寓言

爷爷年纪大，腿脚不好，眼睛花，耳朵聋，牙也掉光了。他吃饭时，食物常常从嘴里漏出来。儿子和儿媳不再让他上餐桌，把饭菜端到炕边让他吃。有一次，他们把饭菜用碗盛好放在炕上。爷爷想挪动一下，一不小心碰翻了碗，碗掉地上摔碎了。儿媳破口大骂，说他把家里的东西都弄坏了，连碗都不放过，并恶狠狠地告诉爷爷，说他以后只配用木碗吃饭。爷爷长叹一口气，什么也没说。

有一天，儿子和儿媳看见他们的儿子在地上摆弄木板，似乎要做什么东西。

父亲问道："米沙，你在做什么？"

米沙说："老爹呀，我在做木碗。等你和妈妈老了，我也要拿木碗给你们盛饭。"

儿子和儿媳相互看了一眼，放声大哭。他们为自己对老人不孝而羞愧，从此又把老人请上餐桌吃饭，并耐心伺候老人。

敬亲者天必佑之

分遗产的故事

寓言

父亲有两个儿子。父亲对儿子们说："我死后，财产一人一半。"父亲死了，两个儿子为分遗产而争吵不休，于是他们去找邻居评理。

邻居问他们："你们父亲的遗嘱是怎么说的？"他们答道："父亲让我们一人一半。"邻居说："既然这样，那你们就把所有的衣服从中间撕开一人一半，把碟碗全都砸碎一人一半，把牲畜全都杀了一人一半。"哥俩听从了邻居的建议。

从此，他们一无所有。

大海的水都去哪儿了

推论

从泉眼、山林和沼泽地流出的水聚成小溪，小溪汇入小河，小河注入大河，大河奔流入海。大海是由许多河水汇聚而成的，自从创世之日起，万条江河归入大海。那么，大海的水都去哪儿了？为什么海水不会溢出海岸？

海水变成气体形成了雾，雾升到高空变成了云。云被风吹散，在大地上空漫游。水从云中落下就是雨。雨水流进沼泽和小溪，小溪注入河流，河流奔流入海。海水又变成云，云又在大地上空漫游……

狮子、熊和狐狸

寓言

狮子和熊弄到一块肉，为此它们大打出手。熊不打算退让，狮子也要战斗到底。它们就这样长时间地缠斗在一起。最后，双方都精疲力竭，趴在地上喘气。狐狸看见了它们中间的那块肉，趁其不备，叼起来就跑了。

小男孩儿讲述他是如何帮助爷爷找到蜂王的

口述

爷爷夏天住在养蜂场。每次我去看望他，他都会拿蜂蜜给我吃。

一天，我又来到养蜂场，在蜂箱之间闲逛。我不怕蜜蜂，爷爷教会了我怎样才不被蜇，那就是走路脚步要轻。

蜜蜂也习惯了我的存在，它们从不蜇我。突然，我听见一个蜂箱里传出奇怪的咯咯声。我跑进木屋找爷爷，把情况告诉了他。

爷爷和我一起来查看。他认真倾听一会儿，对我说："已经有一群蜜蜂和老蜂王一起从这个蜂箱里飞走了，现在有新蜂王诞生了。这是它们在嚷嚷，明天新蜂王还会带领一群蜜蜂飞走。"

我问爷爷，蜂王是什么？他说："蜂王相当于咱老百姓的沙皇，没有蜂王就没有蜜蜂。"

我又问："蜂王长什么样？"

他说："你明天来吧。上帝保佑，蜜蜂要分群，到时我让你看看是怎么回事，再给你点蜂蜜尝尝。"

蜂场

安德烈·希尔德，俄国画家

第二天，我又来到爷爷的小木屋，他在过道上挂了两个装蜜蜂的分蜂箱。爷爷叮嘱我戴好防蜂网帽，还亲自用手帕把我的脖子围起来。准备妥当以后，爷爷拎起一个密封好的分蜂箱朝养蜂场走去。蜜蜂在蜂箱里面嗡嗡地叫个不停。我很害怕，手插在裤兜里不敢拿出来，但我还是想看看蜂王长什么样，所以也就硬着头皮跟在爷爷的后面。

到了养蜂场，爷爷走到一个空心木墩子①跟前，将木槽固定好，打开分蜂箱，把蜜蜂抖落到槽里。蜜蜂沿着木槽爬进空心木墩子。这时的蜜蜂野性十足，哪怕是爷爷，也只能拿扫帚小心地驱赶它们。

"看，这就是蜂王！"爷爷用扫帚指给我看。我看到一只翅膀短、肚子长的蜜蜂，它和其他蜜蜂一起在我眼前爬，很快又消失了。爷爷把网帽从我头上摘下来，带我回到小木屋。在屋里，他给了我一大块蜂蜜。我吃完蜂蜜，脸和手都很脏。

我一回到家里，妈妈就抱怨："爷爷就是太宠你，肯定又给你吃蜂蜜了。"

我告诉她："爷爷给我蜂蜜吃，是因为我昨天帮他找到了有新蜂王的蜂箱，我们还给蜂群安了新家。"

①俄国农民将原木墩子中间掏空，做蜂房用——译者注。

狗、公鸡和狐狸

寓言

狗和公鸡一起去浪迹天涯。夜晚，公鸡到一棵树上休息，狗就在这棵大树裸露在地上的树根之间安顿下来。天快亮时，公鸡喔喔地叫了，高亢的歌声引来了狐狸。狐狸请求公鸡从树上下来，这样才能面对面地表达自己对拥有美妙歌喉的公鸡的无限崇敬之意。

公鸡说："那你先要叫醒看门的，它正在树根间酣睡。你让它把门打开，这样我才能下去。"

于是，狐狸开始四处寻找看门的。突然，狐狸一声惨叫，原来是狗冲了出来，一下咬死了狐狸。

大海

描述

大海无边无际，深不见底。太阳从海上升起，又隐身于海中。没人去过海底，谁都不知道那里是什么样的。无风的日子，湛蓝的大海波澜不惊，可一旦有风，大海就变得躁动不安，一排排大浪从海面涌起，一个比一个高，浪花交汇、碰撞，溅起细碎的白沫。不管多大的船，在这白沫之间，犹如被大浪戏弄的木板。所以，在海上航行的人没有不向神祷告的。

惊涛骇浪
伊万·艾瓦佐夫斯基，俄国画家

马与马夫

寓言

马夫常常将喂马的燕麦偷偷卖掉，却每天都将马洗刷得干干净净。一天，马对马夫说："如果你真希望我漂亮，就别卖我的饲料了。"

棕红色的役用马

尼古拉·斯韦尔奇科夫，俄国军事及风俗画家

火灾
往事

　　庄稼汉和女人在田里收庄稼，村里只剩下老人和孩子。有一家人，家里只有老奶奶和她的三个孙子、孙女。老奶奶生完炉子，躺下休息。苍蝇落在她身上，她感觉不舒服，于是抓起毛巾，盖在头上就睡着了。她三岁的孙女玛莎打开炉门，将里面的红炭火拨到一块瓦片上，拿到过道里玩耍，过道上堆满了老奶奶编要子①用的麦捆。

乡村火灾

尼古拉·德米特里耶夫－奥伦堡斯基，俄国画家

①收割时用麦秆、稻草等临时拧成捆割下的稻子、麦秆等用的绳状物——译者注。

玛莎将发红的炭火放在麦秸下，开始吹气。麦秸着起来了，玛莎特别高兴，急忙回屋，牵着弟弟基留什卡（他才一岁半，刚刚会走路）的手出来看火。她对弟弟说："基留什卡，瞧瞧我生的火。"麦秸越烧越旺，发出噼里啪啦的声音。前厅灌满了浓烟，玛莎害怕了。她连忙跑回屋子。基留什卡被门槛绊倒，鼻子磕出了血，哇哇大哭。玛莎把他拖进屋子，两人钻到长凳下面。老奶奶什么都没有听到，她睡得很沉。三个孩子中年龄最大的男孩瓦尼亚也只有八岁，还好，他在外面。他看见屋子前厅浓烟滚滚，于是推开门，顶着浓烟冲进屋里，不停呼唤奶奶。老奶奶半睡半醒之间不知道出了什么事，完全忘了孩子们，她站起身就跑到村里叫人。玛莎和基留什卡这时还躲在长凳下面，玛莎吓得一句话也说不出来，基留什卡不停地喊叫，因为他的鼻子受了外伤，感觉疼痛。瓦尼亚听到有声音，朝凳子下看了一眼，朝玛莎喊道："着火了，快跑！"玛莎跑到前厅，火很大，烟太浓，根本无法跑出去，她又跑了回来。瓦尼亚打开窗户，让玛莎爬出去。瓦尼亚又抓起弟弟，准备把他推出去。可弟弟太沉，而且不配合哥哥，他一边哭闹，一边推搡哥哥。瓦尼亚两次跌倒，才把他拽到窗前。这时候，屋内已经大火熊熊。瓦尼亚把弟弟的脑袋塞进窗口，用力地往外推，弟弟非常害怕，紧紧抓住窗框，说什么也不出去。万般无奈，瓦尼亚朝妹妹喊道："拽他脑袋！"就这样，他从里往外推，妹妹在外面拽，终于把弟弟弄到窗外，他们一起跑到安全的地方。

青蛙与狮子
寓言

狮子听见青蛙叫，声音震耳，它很害怕。狮子想，只有身形巨大的野兽才能发出这样的声音。它等了一会儿，看见一只青蛙从沼泽地里蹦出来。狮子用爪子按住青蛙说："原来是你在叫，以后我不会没弄清楚情况就害怕了。"

大象
寓言

印度人养了一头大象。主人不好好喂大象，还让它干很多活。有一天，大象大怒，把主人踩到脚下，印第安人一命呜呼。印第安人的妻子痛哭丈夫的不幸，把孩子都带过来，推到大象的腿旁。

她对大象说："大象啊，你杀了他们的父亲，那也把孩子都杀了吧。"

大象看看这帮孩子，用象鼻轻轻地举起大儿子，放在自己的脖子上。从那以后，这头大象开始听这个男孩子的话，为他干活。

象

猴子和豌豆

寓言

猴子抓了满满两把豌豆，其中一颗掉了，猴子想捡起来，结果又掉了20颗。它又要去捡，结果手里的豌豆全掉了。猴子很生气，把豆子扔得到处都是，跑了。

小男孩儿讲他为什么不再害怕贫苦的盲人

口述

我很小的时候，大人常用盲人的事儿吓唬我，所以我一直害怕遇到他们。有一次回家，我看见台阶上坐着两个贫苦的盲人。我一时不知道该怎么办，既不敢往回跑，也不敢从他们前面过去，我担心他们会抓住我。突然，其中一个盲人（他的眼睛像牛奶一样白）站起身，握着我的手说："小伙子，行行好吧！"我挣脱出来，跑到妈妈身边。她领着我，给了两个盲人很多钱和面包。他们非常高兴，一边画十字一边吃面包。过一会儿，那个白眼盲人说："你家的面包真好吃，愿上帝保佑你。"他又一次握着我的手，还抚摸了几下。我开始可怜他们，从那时起，我再也不害怕他们了。

奶牛
寓言

有个人养了一头奶牛，每天能挤一罐奶。这个人要请客，希望能给客人提供更多的奶，所以他整整十天都没有挤奶。他的想法是，攒十天再挤，一定能挤出十罐奶。

但是他不知道，由于没有及时挤奶，奶牛开始回奶，那一天，奶牛的产奶量反而比平时还要少。

嫘祖
史海钩沉

传说中国轩辕黄帝的爱妻叫嫘祖。轩辕黄帝想让全体臣民都记住她，便用手指着桑蚕对妻子说："你要学会养蚕缫丝，那样臣民就会永远记得你。"

嫘祖开始观察蚕虫。她发现，蚕不再进食时，便吐丝织茧，将自己裹在其中。她拨开其中一只，抽丝成线，织了一块丝巾。后来，她又观察到，蚕栖息在桑树上，于是她开始采集桑叶喂养蚕宝宝。就这样，她繁育了很多蚕虫，并教会了她的臣民如何养蚕。

从那时起，中国人都记住了嫘祖，并在特定的日子纪念这位桑蚕之母。

蜻蜓与蚂蚁
寓言

　　秋天时节，蚂蚁储存的麦子受潮了，于是群蚁出来晒麦子。饥饿的蜻蜓恳求蚂蚁给口饭吃。蚂蚁问："你为什么夏天不储备食物？"蜻蜓回答道："那时没时间，光顾唱歌了。"听了蜻蜓的话，蚂蚁们用嘲弄的口气说："既然你夏天忙着唱歌，那冬天你该去跳舞了。"

鼠姑娘
童话

　　一个人在河边散步时发现乌鸦叼着老鼠飞奔。他朝乌鸦扔石头，乌鸦松开嘴，老鼠掉到了水里，他把老鼠打捞上来带回家。

　　他没有孩子。一天，他对老鼠说："唉，如果你是一个女孩儿该多好啊！"

　　老鼠摇身一变，真成了女孩儿。

　　女孩儿慢慢长大，他问她："你想嫁给什么样的人？"

　　姑娘回答："想嫁给世界上最厉害的人。"

　　那人就对太阳说："太阳啊，我的女儿想嫁给世界上最

小老鼠

阿尔佛雷德·布雷姆，德国生物学家、画家、作家

厉害的人。你就是最厉害的，你娶我的女儿吧。"

太阳说："我不是世界上是最厉害的，乌云就能轻而易举地将我遮挡。"

那人又对乌云说："乌云啊，你是世界上最厉害的，你娶我的女儿吧。"

乌云说："不是这样的，我可不是世界上最厉害的，风就能很轻松地将我吹散。"

那人又对风说："风啊，你是世界上最厉害的，请你娶我的女儿吧。"

风说："我可不是世界上最厉害的，高山就能把我挡住。"

那人又对高山说："高山啊，你是世界上最厉害的，你就娶我的女儿吧。"

高山说："老鼠比我们厉害，它能把我们掏空。"

那人只好找到老鼠，对它说："老鼠啊，你才是世界上最厉害的，你就娶我的女儿吧。"老鼠同意了。那人回到女儿身边，对她说："老鼠是这世界上最厉害的，它能掏空高山，高山能阻挡风的脚步，风吹散乌云，乌云遮挡太阳，老鼠想娶你为妻。"

女孩儿叹了口气，说："唉，我该怎么办？我这个女儿身怎么能嫁给老鼠？"

那人说："唉，如果我女儿能变回老鼠多好！"

女孩儿果真又变回了老鼠，于是两只老鼠成了亲。

母鸡与金蛋

寓言

主人养了一只母鸡，母鸡下了很多蛋，每个鸡蛋都闪着金光。他以为母鸡肚子里一定有一大块金子，就杀了母鸡，可这只母鸡和别的母鸡并没有什么区别。

利普纽什卡

童话

从前，有一个老头儿和一个老太婆，他们没有孩子。老头儿去地里干活，老太婆在家里烙饼。

她叹息道："要是我们有个儿子该多好，他就能给老头子送饭了。"

突然，从棉花里爬出一个很小很小的男孩儿，他对老太婆说："妈妈，你好！"

老太婆问："小子，你是从哪儿来的？我怎么称呼你啊？"

小男孩儿说："妈妈呀，你纺了个棉纱，把棉纱放进了桌子里，我就是从那里来的。你叫我利普纽什卡吧，我现在就给爹爹送饼去。"

老太婆有点不放心："利普纽什卡，你能行吗？"

"放心吧，妈妈，我一定能送到。"

老太婆用布把饼包好，交给儿子。利普纽什卡拿起包裹，朝老头儿干活的地里跑去。

路上，他被土墩挡住，于是他高喊："爹爹呀，拉我一把，帮我爬过土墩吧，我给你送饼来了。"

老头儿听见田地的另一头有人在喊他，就走过去，帮小男孩儿爬过土墩。他问道："小子，你是从哪儿来的？"

小男孩儿说："爹爹呀，我是从棉纱里爬出来的。"他把饼递给了老头儿。老头儿坐下吃饭，小男孩儿说："爹爹，我来耕地吧。"

老头儿说："你太小，没有劲儿。"利普纽什卡不容分说抓起犁杖就开始耕地，一边干活一边唱歌。

地主老爷从田边经过，看到老头儿正吃饭，马在耕地。老爷从四轮轿式马车的车厢下来，问老头儿："老爷子，马为什么自己能耕地？你是怎么做到的？"

老头儿说："有个男孩子在那里扶犁，听，他还在唱歌呢。"老爷走到近前，听到了歌声，也看见了小不点利普纽什卡。

老爷说："老爷子，把他卖给我吧。"老头儿拒绝了，他说："我不会卖的，我就这么一个儿子。"

利普纽什卡悄悄对老头儿说："没事，把我卖给他吧，我再从他那儿跑回来。"

农民把小男孩儿卖给了老爷，挣了100卢布。老爷付了钱，抓起小不点，用手帕卷起来，塞进了衣袋。老爷回到家，兴高采烈地向妻子宣布："我要给你一个惊喜。"妻子说："让我看看，是什么东西。"老爷小心翼翼地从衣袋里掏出手帕，慢慢展开，里面什么都没有。

利普纽什卡早就跑了，又回到了父亲身边。

狼与老太婆

寓言

　　饿狼在寻找猎物。它走到村边，听到小木屋里传出男孩儿的哭声，还听见老太婆说："如果你再哭，我就把你喂狼。"

　　狼停住脚步，开始耐心地等待小男孩儿被扔出来的那一刻。等了很久，也不见小男孩儿被扔出来，这时，它听到老太婆又说："孩子，别哭了，我不会把你喂狼的。如果狼来了，我们就打死它。"

　　狼恍然大悟，原来人总是说一套做一套，于是它悄悄地离开了村子。

别怕

叶梅利扬·科尔涅耶夫，俄国雕刻家、画家、旅行家

小猫咪

真实的故事

瓦夏和卡嘉是兄妹，他们养了一只猫。春天，猫不见了，两个孩子四处寻找，一无所获。

一天，他们在谷仓附近玩耍，忽然听见头顶传来小猫咪轻柔的喵喵声。

瓦夏登上梯子，钻进谷仓，卡嘉站在下面不停地问："找到了吗？找到了吗？"过了一会儿，瓦夏叫起来："我找到了！咱家的猫还生了一窝小猫咪，太可爱了，你快过来看看！"

母猫与小猫

丹尼尔·奥特，美国艺术家，鸟类学的创始人之一

卡嘉跑回家，拿来喂猫的牛奶。

猫崽共五只，它们慢慢长大，开始在谷仓出生的那个角落钻来钻去。两个孩子选了白爪灰猫抱回家，母亲把其他猫崽都送给了别人。孩子们精心喂养，同它游戏，还与其同眠。

有一次，兄妹二人带上这只小猫出去玩耍。

微风吹拂路上的麦秸，猫咪觉得很好玩，孩子们也很喜欢猫咪玩耍的样子。他们在路边看到了酸模（野菠菜），就开始采集，完全忘掉了猫咪。突然，他们听到有人喊道："回去，给我回去！"他们看见猎人飞速跑来，他前面是两条狗，狗发现有猫，想捉住它。这只猫很勇敢，不但没跑，反而趴在地上，躬起背部，目不转睛地看着狗。卡嘉怕狗，大叫一声就跑了。瓦夏拼命冲到小猫身边，这时两条狗也追赶过来。眼看狗要扑过来，瓦夏趴在地上，用肚子护住了猫。

猎人也赶了过来，他喝退狗。瓦夏把猫抱回家，从此再也不敢带它出来了。

她最好的朋友

埃米尔·穆尼尔，法国学院派古典主义画家

博学的儿子

寓言

城里的儿子回农村看望父亲。

父亲说："现在是割草季节，去，拿上耙子，帮我干活！"儿子不想受累，他说："我现在主攻科学，农村的话听不懂，耙子是什么东西？"他刚走进院子就踩到耙齿上，耙子把儿重重地打在他的脑门上。他双手抱头，怒气冲冲地说："是哪个傻瓜把耙子扔在了这个地方？"

布哈拉人是如何学会养蚕的

史海钩沉

传说过去只有中国人会养蚕缫丝，但他们从不把这门手艺传授给外人，只以高价出售丝织品。

布哈拉国王听说了这件事，他想弄到桑蚕并学会缫丝。他恳请中国人给他一些蚕卵和桑树种子，但被拒绝。于是布哈拉国王派人替自己向中国皇帝的女儿求婚，他偷偷地告诉未婚妻，他的王国什么都有，就缺一样东西，那就是丝绸。他嘱咐她要悄悄地把桑树种子和蚕卵带过来，否则没有丝绸她就没办法打扮自己。

公主搜集到一些树种和蚕卵，将它们藏在头巾里。

过境时，士兵对她进行了认真的搜查，看她是否未经允许携带了违禁品，可没有人敢解开公主的头巾查看。

就这样，公主把养蚕缫丝的技艺传授给布哈拉人，从此以后，布哈拉人在自己的国家也能种桑养蚕了。

农夫与马

寓言

农夫去城里买喂马的燕麦，刚刚出村，马就急着掉头往家走。农夫狠狠地抽了马一鞭子。马只得继续往前走，它对农夫很是不满："这个傻瓜，把我往哪儿赶？回家多好！"快进城时，农夫发现马在泥泞中行进很吃力，就把它拉到碎石路上，可马非要回到泥地里。农夫又抽了马一鞭子，把它重新拽到碎石路上。马心里很憋屈："他怎么非得让我踩这讨厌的石子，路面太硬，会把蹄子弄伤的。"

农夫走进商铺，买了些燕麦，赶车回家。到家后，他用燕麦喂马。马咀嚼着燕麦，心想："这些人真蠢，可偏偏喜欢在我们面前耍小聪明，他们其实比我们笨多了。真不明白他们天天都在忙什么，总是赶着我东一趟西一趟的。无论我们走到哪儿，最终还是回到家里。还不如我们一开始就待在家里，他坐在炕上，我吃燕麦，该有多好！"

强盗给我十戈比银币的故事

如烟往事

　　那时我才八岁，我们一家住在喀山省的小村庄里。我记得，父母总是提起普加乔夫，每次都神色紧张。后来我才知道俄罗斯出了个强盗，就叫普加乔夫。他自称是彼得三世，手下汇聚了不少匪徒。这伙人见到贵族就把他们绞死，让许多农奴获得了自由。有人说，他的队伍已经离我们这儿不远了。父亲想去喀山，可不敢带上我们，因为那时天气转冷，路也不好走。当时是十一月份，出门很危险。父亲决定和母亲两人先去，等进城后找几个哥萨克来接我们。

　　他们走了，我们和保姆安娜·特罗费莫夫娜留在家里，所有人都躲到楼下，挤在一个房间里。我记得，我们整晚整晚地呆坐在屋里，保姆抱着妹妹，一边摇晃一边在屋里走来走去。我无事可做，就给布娃娃穿衣服。我们家雇的女工帕拉莎和诵经师的老婆坐在桌旁，喝茶闲扯，内容全是关于普加乔夫的。诵经师的老婆讲的全是很可怕的事情。

　　她滔滔不绝地说道："普加乔夫为了追杀我们的邻居，不惜赶四十俄里的路，把地主吊死在大门口，家里的孩子一个不剩全给杀了。"

　　帕拉莎问："这群恶棍是怎么杀的孩子？"

　　"怎么杀的？我的天哪！听依格纳特奇讲，他们抓住孩子的腿往墙角上摔。"

　　"你们当孩子的面怎么能讲这么可怕的事情？"保姆很不高兴，"卡嘉，走，到睡觉时间了。"

　　我刚想去睡觉，突然听到有人敲门，狗在狂吠，屋外人声嘈杂。

诵经师的老婆和帕拉莎跑过去看，马上又跑回来告诉我们："是他，就是他……"

　　保姆把妹妹塞进被子里，又跑到箱子前，掏出衬衫和小尺码的无袖长衫，然后把我的衣服和鞋全都脱去，换上农民孩子穿的服装，还给我披了一块围巾。她说："听着！如果有人问你是谁，就说是我的外孙女。"

普加乔夫法庭

瓦西里·别洛夫，俄国画家

衣服还没穿好，我们就听见楼上有皮靴踩踏的咚咚声。很显然，来了不少人。诵经师的老婆，也就是仆人米哈伊拉，慌慌张张地跑了过来。

"是他，是他来了！让人杀羊欢迎他，还要葡萄酒喝。"

安娜·特罗费莫夫娜说："他要什么就给他什么。但千万别说这是老爷家的孩子，就说老爷家的人都走了，告诉他们，这个女孩儿是我外孙女。"

我们一夜都没睡觉，总是有醉醺醺的哥萨克来找麻烦。

安娜·特罗费莫夫娜一点儿都不怕他们。每进来一个人，她都说："亲爱的，你还要什么？我们这儿可没有你们需要的东西了。就剩下小孩儿和我这个老人了。"

哥萨克每次听完就默默地走开了。

快天亮时我睡着了。醒来时，我看见我们家正房里站着身穿绿色丝绒皮袄的哥萨克，安娜·特罗费莫夫娜正朝他深深地鞠躬。

他指了指我妹妹说："这是谁家孩子？"安娜·特罗费莫夫娜忙回答："她是我的外孙女，女儿的孩子。我姑娘跟着老爷走了，把孩子留给了我。"

"那这个女孩儿呢？"他用手指着我问。

"陛下，这也是我外孙女。"

他招手让我过去。

"聪明的女娃，过来让我看看。"

我很胆怯。

安娜·特罗费莫夫娜说："卡秋什卡，别怕，过去让陛下看看。"

我走到他跟前。

他双手捧起我的脸颊说："看看，多白净的小脸蛋，长大肯定是个美人儿。"说着，他从口袋里掏出一把银币，从中挑出十戈比赏给了我。

"拿着，记住赏你钱的国王。"说完，他就走了。

这伙人在我们家待了两天才离开，他们把所有能吃的都吃了，酒全喝光了，东西也毁坏不少。不过，没有杀人，也没有放火。

父亲和母亲终于从城里回来。当他们知道所发生的事情后，不知道该如何感谢安娜·特罗费莫夫娜。他们给了她自由，但她宁愿在我们家继续生活，直到去世。也就是从那时起，人们戏称我是"普加乔夫的未婚妻"。普加乔夫给的十戈比银币我保存至今，只要一看到这些钱币，我就能想起自己的童年和善良的安娜·特罗费莫夫娜。

印度马德拉斯城

拉维·维马，印度画家

宰相阿卜杜拉

童话

波斯国王手下有个宰相叫阿卜杜拉，此人公正严明。有一次，他穿过整座城市去觐见国王。城里聚集了很多要造反的人。他们一发现宰相，马上把他团团围住，不许他骑马前进，并威胁说，如果不按他们说的办，就打死他。其中一人还一把抓住宰相的胡子用力往下扯。

最终，人们还是放过了他。宰相见到国王时，请求国王帮助这些劳苦大众，赦免他们对他的不恭之罪。

第二天早晨，一个小贩拜见宰相。宰相问他有什么事。

他说："我是来告诉你，我知道昨天是谁欺辱了你。我认识他，他是我家的邻居纳吉姆，你派人去抓他，给他点颜色看看！"

宰相打发走小贩，派人去传纳吉姆。纳吉姆已经猜到自己被人出卖，吓得魂飞魄散，一看到宰相就跪倒在地，请求宽恕。

宰相把他扶起来，告诉他："我传你来，并不是为了惩罚你，而是想让你知道，你的邻居不是好人，是他把你出卖了，你以后要提防他。回去吧，神保佑你！"

贼是怎么暴露自己的

真实的故事

有这样一个贼，他深更半夜爬进商人家的阁楼，偷走了一些皮袄、布料。他爬出来逃走时不小心被渔具①绊倒，弄出很大的动静。

商人听见阁楼上有响声，连忙叫醒伙计。商人拿着蜡烛，和伙计爬上阁楼。伙计睡眼惺忪，嘟嘟囔囔地对商人说："没啥事，哪有人啊，估计是猫吧？"商人不放心，继续往上走。贼听见有人，赶忙将那

———————————

①一种带一列钩的捕鱼工具——译者注。

些皮袄和布料放回原处，再寻找藏身之地。一回头，他发现一堆东西，具体是什么也没看清，其实那是烟叶。贼扒开烟叶，钻到里面，并用烟叶盖住脑袋。这时，商人和伙计进来了。商人说："我明明听见很沉的东西掉了下来，声音很大。"伙计说："声音大，如果不是猫，那就是家神出来转悠。"

商人经过烟草堆的时候，也没看出有什么异样。"看来的确不是人，那我们回去吧。"贼听见他们马上就要走了，心里一阵狂喜："我一会儿把东西收拾好，从窗户爬出去。"可就在这时，他的鼻子被烟草刺激得奇痒难耐，忍不住要打喷嚏。他用手捂着嘴，可痒得更厉害了，终于没能忍住打起喷嚏来。商人和伙计立刻返回，抓住了这个贼。

担子

寓言

两个人走在路上，各挑一副担子。其中一人一路上一直挑着，从没有把担子卸下来过，而另外一人走走停停，不时地把担子从肩上放下来休息。可他每次还得重新挑起担子，再一次费力地站起身，比那个一直挑着担子走的人还要累。

果核
往事

母亲买了几个李子，想让孩子们午饭后品尝。瓦尼亚从没吃过这种水果，他凑近盛李子的碟子不停地闻，这味道让他着迷。他特别想吃，所以一趟又一趟地在盛李子的碟子旁打转。趁屋里没人，他忍不住抓起一个，塞进嘴里。母亲午饭前清点李子的数量，发现少了一个，她把这事告诉了父亲。

吃午饭时，父亲问道："孩子们，谁吃了一个李子？"

大家都说："没吃。"瓦尼亚满脸通红，他也说："没吃，我没吃。"

父亲又说道："你们当中有人偷吃了李子，这可不好。李子这东西有果核，如果把里面的果核也给吞了，那麻烦可就大了，过一天，人就得死，这才是我担心的。"

瓦尼亚脸色煞白，连忙说："我没吃果核，扔到窗外了。"

大家哈哈大笑，瓦尼亚哇哇大哭。

两个商人
寓言

有一个穷商人出远门前，将自己全部的铁器制品寄存在富商人那里。他从外面一回来，立刻去富商人家里取自己的东西。

富商人已经把东西全给卖了。于是，他开始耍赖，告诉穷商人："你的铁器出事了。"

"出什么事了？"

"我把东西放到粮仓里，那里的耗子多得吓人，把你的铁器全啃光了。我亲眼看见耗子啃铁，如果不信，你自己去看看。"

穷商人没有争辩，他说："看什么看，我信你。我知道耗子喜欢啃铁，再见。"穷商人转身走了。

他在街上看见富商人的儿子在玩耍。穷商人对小孩儿说了一番好话，就牵着他的手，把他领到自己家里。

第二天，富商人又遇到穷商人，喋喋不休地述说自己的不幸，说他的儿子丢了。

他问穷商人："你看没看见我儿子？有没有听说他去什么地方了？"

穷商人说："我当然看见了。昨天我刚从你家离开，就看见鹞鹰朝你儿子俯冲下来，一把抓住他，飞走了。"

富商人非常生气，他说："拿我开玩笑，你真无耻！鹞鹰怎么可能叼走那么大的男孩子？"

"我没开玩笑，耗子能啃光100普特①的铁器，鹞鹰当然也能叼走那么大的男孩儿。没什么奇怪的，世界之大，无奇不有。"

富商人一下子全明白了。

他说："耗子没啃你的铁器，是我把东西给卖了，我要以双倍价钱还给你。"

"如果是这样的话，鹞鹰也没叼走你的儿子，我也会把他还给你的。"

---

①俄国重量单位，1普特约等于16.38千克——译者注。

圣哥达山上的犬

记述

僧侣与救生犬

瑞士和意大利是两个相邻的国家。阿尔卑斯山脉横亘于两国之间，山体陡峭，常年积雪。从瑞士出发去意大利要翻越此山脉，途经圣哥达山。

在山顶的路边，人们建了修道院，有些修道士在此苦修，他们整日祈祷上帝。常有过路人进来休息，他们也可以在此过夜。圣哥达山顶的天空总是阴沉沉的，终年不见阳光。夏天，山上云雾缭绕，能见度很差；冬天，暴风雪肆虐，雪深能达到五俄尺①。无论是乘车来的，还是步行上山的，常常在暴风雪中被冻僵。为此，修士们养了几条狗，专门训练它们寻找雪中遇险的人。

有一次，一个妇女带着孩子在去瑞士的路上遇到了暴雪，妇女迷路，被困在雪里，冻僵了。修士牵着狗，找到了这个带小孩的妇女。修士让孩子慢慢地暖和过来，并喂他吃饱了饭。但是那个妇女，已经停止了呼吸，他们就把她葬在修道院中。

---

①俄尺是旧俄长度单位，1俄尺约等于711.2毫米——译者注。

忠实的守护者

亚瑟·埃尔斯利，英国画家

农夫讲述他为什么这么爱自己的哥哥

口述

我特别爱我的哥哥，很大程度上是因为他替我当了兵。当时，我们通过抓阄的办法来决定去留，我抓到去当兵的阄。我结婚才一个礼拜，真不想抛下年轻的妻子一走了之。

老妈号啕大哭，她说："彼得鲁什卡不能去啊，他太年轻了。"但命数已定，大家开始给我打点行装。妻子给我做了几件衬衫，准备了一些钱。第二天，我就要去城里的兵营报到。老妈伤心欲绝，哭天喊地。我一想到要去当兵，心里就特别难受，感觉像要赴死一般。

晚上聚餐时大家都没有胃口。哥哥尼古拉躺在炕上一言不发。我那年轻的妻子眼圈通红。父亲脸色铁青，坐在一边。老妈把粥端到桌子上，没人去碰。她叫尼古拉过来吃饭，哥哥从炕上下来，在胸前

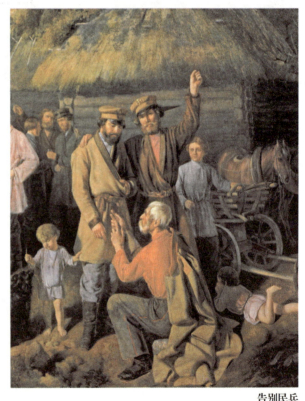

告别民兵

尼古拉·希尔德，俄国画家

画了十字，然后坐到桌边。

他突然开口说道："妈，别伤心了，我替彼得鲁什卡去当兵，我比他大，服役一结束，我就回家。而你，彼得，我不在家时你要孝敬父母，善待你嫂子。"

我非常高兴，老妈也不再悲伤，大家开始为尼古拉准备东西。

清晨醒来时，我想到让哥哥替自己去当兵，心里也不是滋味。于是，我去找哥哥，对他说："尼古拉，你别去了，我抓了去的阄，那就该我去。"哥哥没说话，继续收拾物品，我也收拾行装。我们一起去城里的兵营报到。他填了兵役登记，我也跟着登了记。在等待检查时，哥哥看了我一眼，笑着说："彼得，还在这里干什么，赶紧回家。不用惦记我，我是自愿来的。"我哭了，转身往家走。现在每当想起哥哥，我仍然泪流满面。

送别新兵
伊万·索科洛夫，俄国画家

我第一次是如何打死兔子的

亲身经历

我有个舅舅，叫伊万·安德列伊奇。十三岁那年，他教会了我打枪。我打死过一只寒鸦，还射杀过一只喜鹊。父亲不知道我会打枪。有一年秋天，在庆祝妈妈命名日的酒宴时，我们等舅舅回家吃午饭。我坐在窗边，望着舅舅应该出现的方向，父亲在屋里来回踱步。当我看见小树林后灰色的四套马车一闪而过时，大声嚷嚷起来："他来了，他来了！"

父亲朝窗外看了一眼，也看见了马车，就拿起便帽，到门廊迎接，我跟在他后面跑了出去。父亲和舅舅打过招呼，他对舅舅说："快下车吧。"可舅舅却说："你最好把枪带上，跟我走，树林后面有一只灰兔藏在草丛里，我们去打兔子。"父亲让人把皮袄递给他，我跑到楼上的房间，戴好帽子，拿上自己的枪。父亲和舅舅坐在车厢里，我则蹲在后面的踏板①上，所以没被发现。

马车刚驶出树林，舅舅就让车夫停下。他站起身说："你看没看见那个地方有个灰色的东西在动？右边是堆杂草，草丛往左，大概五步远的地方，你看见了吗？"父亲看了一会儿，什么也没发现。而我在位置很低的踏板上更是什么也看不见。终于，父亲发现了目标，他们在田野上快步行进。父亲持枪瞄准，舅舅负责指示目标，我拿着自己的火枪，跟在他们身后。让我高兴的是，他们还不知道我也来了。大家又走了一百多步，父亲停下了，他想把枪贴在脸上瞄准，舅舅不让他这样做，说："太远了，我们可以靠得更近一些。"父亲听从了他的建

①旧时马车后面供仆从站立的地方——译者注。

56

新主人

查尔斯·伯顿，英国画家

狩猎

康斯坦丁·克雷日茨基，俄国画家

议，但他们刚走了几步，灰兔猛然蹿出草丛。这只灰兔很大也很肥，接近白色，只有背部有点灰毛。兔子竖起一只耳朵，转身一跳就逃离了。父亲瞄准，扣动扳机，灰兔跑了。父亲用另一杆枪射击，灰兔又跑了。此时，我已经忘记父亲就在前面，忘记了世上的一切。我在他们身后瞄准，扣动了扳机。我甚至不敢相信自己的眼睛：灰兔头朝下滚了个跟头，倒地时一条后腿不停地抽搐。父亲和舅舅同时回头。"你从哪儿冒出来的？好小子！"

从那时起，大人给我一杆枪，允许我打猎了。

野兔

拇指男孩儿①

童话

有一个穷人家庭养育了七个孩子，这些孩子一个比一个瘦小。最小的孩子出生时，还没有拇指大，后来虽然长了一些，但仍然比拇指大不了多少，因此人们都叫他拇指男孩儿。别看他长得小，却是个动作灵活、头脑机智的孩子。

穷人家的日子越过越穷，最后，连孩子都养不起了。父母想了好久，决定把孩子们领到森林深处，将他们丢在那里，让他们找不到回家的路。父母谈论这事时，拇指男孩儿并没有睡觉，他将一切听得一清二楚。清晨，拇指男孩儿早早起来，他跑到小溪边，捡了好多白色的石子，装满身上所有的口袋。父母带着孩子们去森林时，拇指男孩儿走在最后，他不时从口袋中掏出一粒石子扔到地上，沿途撒了一路。

父母将孩子们领到森林深处，然后就偷偷跑掉了。孩子们不停地呼唤父母，当他们知道被父母遗弃时，开始号啕大哭。

拇指男孩儿没掉眼泪，他尖声细语地对兄长们说："你们不要哭了，我能带你们走出森林。"他说他沿途撒了很多白色的石子，顺着这些石子就可以走出森林。兄长们高兴极了，跟在他身后出发了。拇指男孩儿靠着一粒粒的小石子，带兄长们回到了家。

父母将孩子们扔到森林里的那天，父亲恰好得到了一笔钱。他们后悔地说："我们怎么能把孩子们扔到森林里呢？他们会死掉的。如今我们有了钱，能够养活他们了。"母亲痛哭失声，说道："唉！我只求

①《拇指男孩儿》是列夫·托尔斯泰根据夏尔·佩罗的童话故事《小拇指》改编而成的——译者注。

孩子们跟我们在一起！”听到这话，拇指男孩儿在窗下说：“我们在这里！”

母亲高兴极了，跑到门廊，孩子们一个接一个地进了屋。

他们过上了幸福的生活，直到家里的钱再次花完。

当家里的钱花光了，父母又开始商量该怎么办，又计划将孩子们领进森林，把他们遗弃在那里。

拇指男孩儿又听到了父母的谈话。清晨，他又要悄悄地去小溪边捡小石子。但是，他走到门口却发现大门上了门闩。不管怎么努力，他都无法够到门闩。

没有办法去捡石子，他就随身带了一些面包。他将面包揣在口袋里，心中暗想：“如果父母再领我们去森林，我就沿路撒面包屑，顺着面包屑，我还能领兄长们走回家。”

父母果然又将孩子们带进森林。拇指男孩儿故技重演，沿途撒下了面包屑做记号。

兄长们失声痛哭时，拇指男孩儿又说能带他们回家。

拇指男孩儿

卡尔·奥夫特尔丁根，德国画家

但这一次他没能找到回家的路，因为地上的面包屑都被小鸟们吃光了。

孩子们在森林里走啊走啊，到了深夜还没有找到回家的路。他们哭着哭着就睡着了。拇指男孩儿比兄长们醒得早，他爬到树上，环顾一下四周，看到不远处有一个小木屋。他爬下树，叫醒兄长，领着他们直奔小木屋。

他们敲敲门，一位老婆婆走了出来，问他们有什么事情。他们说在森林里迷路了。老婆婆让他们进了屋，然后告诉他们："来我家真是

拇指男孩儿
卡尔·奥夫特尔丁根，德国画家

你们的不幸。我丈夫是吃人的妖魔，如果他见到你们，一定会吃了你们的。你们藏到床底下去吧，明天我就放你们走。"

孩子们吓坏了，纷纷钻到床底下。突然，他们听到了几下敲门声，随后就有人走进屋来。拇指男孩儿从床底下向外一看，只见可怕的食人怪物就坐在桌前，他对老婆婆喊道："拿葡萄酒来！"老婆婆将葡萄酒递给他，他一饮而尽，东闻西嗅地

说："我们家怎么会有人的味道！莫非是你藏了什么人？"老婆婆急忙解释说家里没有外人，但食人怪物继续东闻西嗅，离床越来越近了。他伸手向床下一摸，抓到了拇指男孩儿的一只脚，喊道："啊，他们在这儿！"他将孩子们从床下一个个拽出来，大喜过望，拿起刀，想杀了他们。妻子劝他说："你看，他们又瘦又小，不如我们给他们些东西吃，他们就会变得肉质鲜美。"食人怪物同意了，让妻子将孩子们喂饱，又安排他们跟自己的几个女儿睡在一起。

食人怪物有七个女儿，她们跟七兄弟一样，非常瘦小。小姑娘们睡在一张大床上，每个小姑娘的头上都戴着一顶小金帽。拇指男孩儿发现了这个细节，等食人怪物和他的妻子离开后，他悄悄地从食人怪物女儿们的头上摘下小帽子，分别戴在自己和兄长们的头上，又将自己和兄长们的帽子给小姑娘们戴上。

食人怪物喝了一夜的葡萄酒。酒足之后，他又想吃点东西。他站起身，走进七兄弟及七个姑娘睡觉的屋子。他走到男孩子身边，摸了摸他们的金帽子说："醉了，差点儿把自己的女儿都给杀了。"他离开男孩子，走到女儿们身边，摸了摸她们的软帽子，将她们全部杀死并吃掉后就睡着了。

拇指男孩儿叫醒了兄长，打开门，和他们一起逃进森林。

孩子们走了整整一夜，又走了一个白天，依然没能走出森林。

清晨，食人怪物醒来，看到自己错将亲生女儿吃掉了，就穿上七俄里靴，跑进森林找男孩子们去了。

七俄里靴非常神奇，穿此靴的人一步就能迈出七俄里远。

食人怪物找啊找啊，直到筋疲力尽也没能找到这帮男孩儿，就在

拇指男孩儿

离他们不远的地方坐下来睡着了。

　　拇指男孩儿见食人怪物睡着了，就悄悄来到他的身边。从他口袋里掏出一把金子，分给兄长，然后又偷偷脱去他的靴子，将靴子套在自己脚上，又让兄长们手拉着手紧紧地抱住他。他跑得飞快，一转眼就跑出了森林找到了家。

　　他们回家后，将金子交给父母。家里有了钱以后，父母再也没有将他们遗弃。

傻瓜

童话诗

有一个傻瓜，

打算游历罗斯，

去了解人情世故，

也向世人展示自己。

傻瓜看到两个空荡荡的农舍，

他朝地下室望了一眼，

看到一群魔鬼聚在那里。

他们个个脑袋尖尖，

眼似铜铃，

胡须如钢叉，

手掌像钉耙。

他们掷着骰子，

细数张张钞票，

正在玩纸牌游戏。

傻瓜对他们说道：

"好心的人啊，

愿上帝保佑你们！"

魔鬼们听后大怒，

他们抓起傻瓜，

对他拳打脚踢。

一顿暴打之后，

他们才将傻瓜放走，

傻瓜却已奄奄一息。

傻瓜到家痛哭，

呼天喊地哀伤不已。

母亲骂他蠢笨，

妻子恨他多余，

连姐姐也来凑趣：

"傻瓜啊傻瓜，

你是山野村夫愚不可及，

你真不该那样讲话。

你若是说：

'这帮恶棍！

会遭天谴！'

魔鬼就会逃之夭夭，

白花花的银子比宝藏更动人心，

全都归了你这傻瓜。"

"闭嘴，你这婆娘，

你这讨厌的女人。

卢克里娅，我的老娘，

还有姐姐切尔纳瓦，

从今以后，

我绝不再冒这样的傻气。"

傻瓜又去游历罗斯，

去了解人情世故，

也向世人展示自己。

傻瓜看到了四位亲兄弟，

正在给大麦脱粒。

他对四人开口说道：

"恶棍们！

你们会遭天谴！"

四兄弟勃然大怒，

对他一顿拳打脚踢，

放走傻瓜时，

他已是奄奄一息。

傻瓜到家放声痛哭，

哭天喊地哀伤不已。

母亲骂他蠢笨，

妻子恨他多余，

连姐姐也来凑趣：

"傻瓜啊傻瓜，

你是山野村夫愚不可及，

你真不该那样讲话。

你应当说

'愿上帝保佑，

愿你们五谷丰登，

岁岁有今朝，

天天有今日'。"

"够了，你这娘儿们，

你这讨厌的女人。

卢克里娅，我的母亲，

还有姐姐切尔纳瓦，

从今以后，

我绝不再冒这样的傻气。"

傻瓜再一次去罗斯游历，

去了解人情世故，

也向世人展示自己。

傻瓜见到七兄弟，

他们正埋葬老母。

他们哭成一片，

声音悲惨动天。

他对他们说道：

"七位兄弟，

愿上帝保佑你们，

让母亲入土为安，

愿你们岁岁有今朝，

天天有今日。"

七兄弟按住傻瓜，

抓住他的头，

压着他的腿，

一阵拳打又脚踢，

把他摔倒在淤泥里，

傻瓜已是奄奄一息。

一顿暴打之后，

他们才将傻瓜放走。

傻瓜到家放声痛哭，

哭天喊地哀伤不已。

母亲骂他蠢笨，

妻子恨他多余，

连姐姐也来凑趣：

"傻瓜啊傻瓜，

你是山野村夫愚不可及，

你真不该那样讲话。

你应当说：

'请接受祭品与神香，

愿她在上帝的引领下，

进入神光普照的天堂。'

他们就会让你这个傻瓜，

饱餐薄饼和蜜粥[1] 。"

"闭嘴，你这娘们儿，

---

①多用大米、蜜、葡萄干制作，葬礼后，常用它及薄饼来款待客人——译者注。

你这讨厌的女人。

卢克里娅，我的老娘，

还有姐姐切尔纳瓦，

从今以后，

我绝不再冒这样的傻气。"

傻瓜又游历罗斯，

去了解人情世故，

也向世人展示自己。

他刚好碰上一场婚礼，

他对众人说道：

"请接受祭品与神香，

愿她在上帝的引领下，

进入神光普照的天堂。"

宾客听罢一拥而上，

他们抓住傻瓜，

又是一阵暴打，

鞭子如雨点狠狠抽在他的脸上。

傻瓜放声痛哭，

转身回家，

他边走边哭哀伤不已。

母亲骂他蠢笨，

妻子恨他多余，

连姐姐也来凑趣：

"傻瓜啊傻瓜，

你是山野村夫愚不可及，

你真不该那样讲话。

你应当说

'上帝赐福你们，

公爵和公爵夫人。

愿你们按教规结婚，

祝你们幸福美满，

早生贵子'。"

傻瓜说：

"从今以后，

我绝不再冒这样的傻气。"

傻瓜又去游历罗斯，

去了解人情世故，

也向世人展示自己。

傻瓜迎面遇到一位长者，

他对长者说：

"愿上帝保佑你，老先生！

愿你按教规结婚，

祝你幸福美满，

早生贵子。"

长者闻听大怒，

揪住傻瓜的衣领，

抡起拐杖便打，

直打到筋疲力尽，

直打到拐杖断裂。

傻瓜放声痛哭，

转身回家，

哭天喊地哀伤不已。

母亲骂他蠢笨，

妻子恨他多余，

连姐姐也来凑趣：

"傻瓜啊傻瓜，

你是山野村夫愚不可及，

你真不该那样讲话。

你应当说

'神圣的修道院院长，

请您为我赐福'。"

"闭嘴，你这婆娘，

你这讨厌的女人。

卢克里娅，我的老娘，

还有姐姐切尔纳瓦，

从今以后，

我绝不再冒这样的傻气。"

傻瓜又去游历罗斯，

他走进一片树林，

看到云杉树旁一头熊正在撕咬奶牛。

他对熊说：

"神圣的修道院院长，

请您为我赐福。"

熊猛地将他扑倒，

按住傻瓜，

将他打得不成人样，

遍体鳞伤，

奄奄一息。

傻瓜放声痛哭，

转身回家，

哭天喊地哀伤不已。

母亲骂他蠢笨，

妻子恨他多余，

连姐姐也来凑趣：

"傻瓜啊傻瓜，

你是山野村夫愚不可及，

你真不该那样讲话。

你应当呜西呜西①地喊，

---

① "呜西呜西"是人让狗扑人或扑动物的口令——译者注。

75

应当发出嘎嘎的声音，

还应当呜溜呜溜①叫才可以。”

　“闭嘴，你这婆娘，

你这讨厌的女人。

卢克里娅，我的老娘，

还有姐姐切尔纳瓦，

从今以后，

我绝不再冒这样的傻气。”

傻瓜又去游历罗斯，

去了解人情世故，

也向世人展示自己。

傻瓜来到一处空旷的原野，

迎面走来一位上校，

于是傻瓜呜西呜西地喊，

发出嘎嘎的声音，

还呜溜呜溜地叫来叫去。

上校命令随行的士兵，

抓住了傻瓜，

用尽全力拳打脚踢，

直到将傻瓜打得，

一命呜呼，当场死去。

---

① “呜溜呜溜”是让狗追赶野兽的口令——译者注。

斯维亚托戈尔勇士

童话诗

斯维亚托戈尔策马奔腾在空旷的原野上，

勇士空有一身天生的神力，

偌大的原野却连一个对手都没有遇到。

他血脉喷张，

感到体内有无穷的力量，

无处施展的神力如巨石压在他的胸膛。

高傲的斯维亚托戈尔夸下海口：

"可怜我这一身勇士的力量，

即便是一个王国，我也能将它高高举起。"

说话间斯维亚托戈尔看到一个路人，

背着行囊远远地走在草原之上，

斯维亚托戈尔扬鞭向路人飞奔过去，

他纵马追赶在后，路人一直在前，

无论他怎样狂奔也赶不上路人的脚步。

斯维亚托戈尔只好扯开嗓门呐喊：

"喂，过路的人啊，请你稍等，

我的宝马怎么都追不上你？"

远处的路人闻听此言停下脚步，

将肩上的行囊扔到地上。

斯维亚托戈尔来到近前，

78

勇士跃马扬鞭

维克多·瓦斯涅佐夫，俄国巡回展览派画家

拿鞭子碰了碰路人的行囊，

行囊纹丝不动，仿佛地下生根。

斯维亚托戈尔从马上探身用手指轻拉行囊，

行囊稳若磐石，纹丝不动。

斯维亚托戈尔从马上用单手去拽，

行囊纹丝不动，仿佛地下生根。

斯维亚托戈尔翻身下马，

运气调整，再用双手去拉，

斯维亚托戈尔使出浑身力气，

用力过猛，满脸通红，

双腿齐膝陷入大地母亲的怀中，

只将行囊抬离地面一个头发丝的高度。

斯维亚托戈尔高声询问：

"请你告诉我，过路的行人，请不要隐瞒，

这行囊中装的究竟是什么？"

路人面对询问高声回答：

"行囊装的正是大地母亲之力。"

斯维亚托戈尔又问路人：

"你姓甚名谁？以何为生？"

路人回答说：

"我乃农夫，大地母亲的宠儿，

名字叫库拉·谢里亚尼诺维奇。"

宁和聪明人吵架，不和愚蠢人说话。

与其外求智慧，不如修炼己身。

登记号：黑版贸审字08-2018-133号

本作品通过中国文字著作权协会取得中文版全球翻译出版发行专有权。地址:100050，北京市西城区珠市口西大街120号太丰惠中大厦十层1027-1036，E-mail:wenzhuxie@126.com。

图书在版编目（CIP）数据

托尔斯泰献给孩子们的书. 1 / （俄罗斯）列夫·托尔斯泰编著 ; 郑永旺译. -- 哈尔滨 ： 黑龙江少年儿童出版社， 2018.8（2020.10重印）
（俄罗斯儿童智慧阅读丛书）
ISBN 978-7-5319-5881-9

Ⅰ. ①托… Ⅱ. ①列… ②郑… Ⅲ. ①儿童文学－作品综合集－俄罗斯－近代 Ⅳ. ①I512.8

中国版本图书馆CIP数据核字(2018)第173212号

俄罗斯儿童智慧阅读丛书

托尔斯泰献给孩子们的书①
TUOERSITAI XIANGEI HAIZIMEN DE SHU

[俄罗斯]列夫·托尔斯泰　编著
郑永旺　译

项目总监：商　亮
统筹策划：李春琦
责任编辑：李春琦　高　彦
内文制作：文思天纵
责任印制：姜奇巍
出版发行：黑龙江少年儿童出版社
　　　　　（黑龙江省哈尔滨市南岗区宣庆小区8号楼　150090）
网　　址：www.1sbook.com.cn
经　　销：全国新华书店
印　　装：北京一鑫印务有限责任公司
开　　本：787 mm×1092 mm　1/16
印　　张：5.75
书　　号：ISBN 978-7-5319-5881-9
版　　次：2018年8月第1版
印　　次：2020年10月第2次印刷
定　　价：25.00元